耶加雪菲的據點

劉梅玉

目錄

從霧中走出來的詩

——劉梅玉詩集《耶加雪菲的據點》序

白靈（詩人）

詩是心起霧後的產物。因為霧，原有清晰之事物進入模糊狀態，又非固定的，有時可見又多半看不清，有時霧薄，彷彿拉近了些，有時霧濃彷彿又被推得更遠。

心若不起霧，則為常常心境澄明寧靜者，不需有詩；若不時陷處昏天黑地之境者，也不易有詩。只有身在混沌不明、不時落入模糊曖昧之狀態，地在黑與白之界、時當黃昏或黎明過渡之際，最易發明詩。

在臺灣周遭，真正有霧鎖島，可長達一整個季節的，大概只有金門和馬祖了，加上其邊界的身份、曾長期地處戰地任務、駐軍非十萬即五萬、曾面臨險境乃至危境的往昔歲月，使得它的霧非單指地理和氣象，內心的霧區更是遍在每個金馬居民，他們心中始終被安置著不可跨越和揮散的務區、勿區和誤區，像不易拔除的雷區和軌砦。那種壓在出生於當地居民心中的創傷印記，成了他們與生俱來的基因的一部分，歲月走得再遠，厚霧仍時隱時現。

因此對馬祖人和金門人都一樣，他們心中起的霧，不是一年的某一季，而是整整一生，連作夢都如被鎖在或濃或薄的霧中，成了漂泊在邊境的或淡或黑的影子，對所謂的兩岸都有若離若即之感，像永遠著不了地、走不遠、又飄浮在空中隨時要被吹散的霧。因此，要他們不成為詩人或藝術家也難。

劉梅玉是近年金門馬祖兩島上少見的、表現極突出的女詩人。出生於雷達四佈、邊境之邊境的東引，在南竿長居，長年與霧為伍，深悟詩是從霧中走出來的。因此當她說：「用起霧的心境來創作，表現明白與未明白之間的話語與圖像，那些確實存在的模糊，易被誤讀的生活表象，總是在清澈的那一刻，才會懂得——看不清也是一種看清」（《寫在霧裡》自序），她深悟不確定、不易看清本即情理事物真實的狀態，詩只是將日常語言自以為肯定確認的說詞還原成更符合實情的語境而已。「確實存在的模糊」、「看不清也是一種看清」說的不只是詩，而是一種認知和眼光。當她說：「霧的情境與暗喻的文句緊密連結著，轉化成島嶼作品的獨有氣息」時，她看清了詩的若即若離、非此非彼、是此又彼的獨特本質。一種迷離和瀰漫、無所不覆蓋又無所覆蓋的氣息成了她語言極大的特質，她是從霧中走出來又隨時可消失在霧中的詩人。

跟其他地區不一樣，馬祖這座島嶼產生的詩人或藝術家，是更接近哲人的，至少在劉梅玉的詩中我們看到她對生命不確定感的探索，是與這座島的景致和命運緊密連接。由於霧在景物間恍惚移動，使原有的完整成為模糊、不連續，此時究竟完整是真實或不完整才是真實？是瞬間之美，還是一成不變才真實？成了可不斷探究的課題，而且自第一本詩集《向島嶼靠近》就開始了，如〈不連續〉一詩的片段：

完整是一種神聖儀式
必須把盲目穿上
……
房子與屋瓦互相尋求

正確又完整的拼圖
對於完成
我們所知不多又無所不知
……
真實是包裹著糖衣的詭計
費盡心思
要打亂懷疑和不連續的完整

必須穿上「盲目」，才可把「完整」視為一種神聖儀式，意味「完整」根本不可能。正確又完整的拼圖既不存在，那麼對於「完成」我們就「所知不多又無所不知」，指沒有真正的完成可言是顯而易明之理，何苦窮追、逼問其面貌？如此一來，「真實」就得「費盡心思」、「包裹著糖衣」，去打亂對「完整」仍存有幻覺之人，但又何其難也，因到末了「真實」會被視為破壞「完整」的詭計，「真」被視為「假」，「假」又被視為「真」，於是只得清者自清、濁者自濁了。

這首詩可視為劉梅玉的生命觀、世界觀，也是她後來所有詩作的底色或基調。她探問的不是風景、房子、屋瓦、人生景觀、乃至婚姻儀式的是否有完整的拼圖、被完成的可能等等。她探問的不連續並非景致，而是世上一切事物的更根本的荒謬和被人為乃至大自然操弄錯置的表象常常擺佈我們一生，那是非常後現代、是非本質、無本質的，而我們的一生和歲月便被「異化」地漂浮其上、無以抵抗，被浪費其上。想想馬祖戒嚴中虛假的繁榮、解嚴後還原的荒涼，其子民這一甲子前後命運的變化、起落和角色的無奈，軍事據點搖身一變成為可以喝咖啡和住宿的休閒場所，悲劇荒謬如遊戲，卻轉瞬間即成眼前的事實了。如她所說的「時間的遠方充滿未知與不確定，好像一切滋養都是被武裝的，我們向著不可逆的時光走去，但心中充滿了疑義」，如露如電、如夢幻泡影的無常感，使詩人不能不成為哲人。

彼得．杜拉克（Peter F. Drucker）早在一九六八年就以管理學的角度寫下《不連續的時代》（The Age of Discontinuity），預言了後來的世界與過去並無一定的連結性，是屬於一不連續、斷裂的時代，等於提前預測並解構了諸多政經環境知識乃至個人命運的跳動是不可知、不確定、乃至不可能完整的。劉梅玉在詩中以自己馬祖人的命運及個人生命史對不完整、不連續的真相有著不捨的追問，從上引第一本《向島嶼靠近》、問到第二本《寫在霧裡》、再問到第三本詩集（即本書），比如：

我們投射太多的真誠
對虛假的存在
剩下的多情
藏入不完整的胸懷
易於腐敗的書寫
深刻地
寫進世界的知覺

——〈水泥色書寫〉（《寫在霧裡》）

其實，我們都擁有一些
完整的模糊
在回憶的根部

蒙上塵埃的場景
逐漸地灰暗
然後變成深淵
無法擦拭

——〈霧記〉（《寫在霧裡》）

他們走成忙碌的字句
在水泥及鋼筋的日記本裡
倉促的姿勢無法寫好完整的自己
只留下局部、片斷的城市

——〈一頁捷運〉

看著鏡中的面容
一片片
從信任的枝幹
凋落

每次醒來，她都試圖尋找
一面完整安全的鏡子
治療裂掉的自己

——〈裂掉〉

上述詩節中凡她提到的「完整」都是不完整、或無法完整的、或費盡心思也完整不了的，即使看似完整也是模糊的。如此，也才有餘地，讓詩進來填補或在此與彼間進進出出，把不完整的模糊化使看似完整，把不連續的曖昧化使暫似連續，即使只是瞬時的。

詩是語言的若即若離，是將沾粘相連毫無詩意的日常語言拆解分離，使產生不連續，又使不連續之間有若干的相關，像站在碉堡或據點互相瞭望守候，則即使不連續也有了隱約的連續感。「即」是連續，「離」是不連續，因此詩也可說是語言的若連續若不連續、乃至語言的若完整若不完整狀態。

而馬祖至少還有兩百多個大大小小的軍事據點，光南竿島共有九十五個據點分佈，一度曾在島嶼邊緣構成鋼鐵防線，後由於戰爭型態改變，實施精兵政策，據點一一荒廢，眾多碉堡坑道成為廢墟，其後若干廢墟活化成功，成為咖啡館、書店、民宿。如此特異的島嶼，擁有諸多相隔甚遠、看似不連續的據點，在如今其前後面貌的變異、可供參觀、流連、悼念的景象，連結了昔今不同型態的歲月，也讓馬祖人終有機會走入痛和荒涼中躑躅，深入踩踏其中，揭開孤寂的神秘面紗，往昔根本無法想像、連續的時空（據點是禁區）終有了連續的機會，卻又有著空蕩蕩的無法真正連續的荒謬感。這座島的獨特性和詭異性於焉突顯，這也成了劉梅玉書寫的寶庫，也是本詩集能出入其中，「大寫」馬祖的重點和特殊性。

在過往，島上任一據點與據點間，對小老百姓而言，面對的都是過去此一不連續與彼另一不連續，今日卻因時空的變異和荒誕，斷裂的時空看似有了相連的暫態和美感，因而暫時圓滿了觀者面向人生無常的場景不免噓唏感嘆，因而有了心理距離上的美感、精神上了然了什麼的完成感，雖然仍有什麼隱藏著，未被全然揭開。劉梅玉在此詩集中以島民被鐫刻的痛，書寫出入其中生命的不連續和無法完整感，可說深得其內在意味，每一滴思考都是歷經重壓後迂迴百轉而出的，是石壁中滴出來的汗和血。如下舉詩例摘錄的段落：

> 許多的故事，戍守在這裡
> 守著砲台向遙遠的夢裡射擊
> 期待戰勝一場謬誤
> 而時間，將會重新整理
> 更多茫茫然的據點
>
> ——〈據點〉

在廣大險惡的溼地
耗盡所剩無多的力氣
才得以安頓
心中那些瘦弱的永恆

——〈耶加雪菲的據點〉

藍海圍繞著一張張書頁
遼闊我們的文字
思緒輕易讀懂遠方
挖掘的夢與現實同樣虛無
⋯⋯
四方曠野都是易燃的詩
擦亮世界
再深深的熄滅

——〈坑道書店〉

「戰勝」的不過是「一場謬誤」，「據點」仍在，卻是「茫茫然」不知因何為何而存在。在險惡之境「耗盡所剩無多的力氣」，能安頓的不過是微渺的「瘦弱的永恆」。而剩下的可能只有詩的文字和感受可以「遼闊我們」、「讀懂遠方」、「擦亮世界」，即使「再深深的熄滅」又有何妨？思索和創作成了詩人自我短暫救贖之道。又比如下舉段落：

被禁止過天空
不再飄著武裝的雲
有人詢問故事的去處
現場無人應答

——〈八六據點〉

有些過客來這裡收集島嶼

外帶這裡的海水與天空
來填補那些
失去純粹的日常

——〈在五五，一座海的日常〉

堅持的瞭望台
站在故鄉的背上
還有一些稀薄的對抗
在碉堡的老骨頭裡

黃昏附著白塔
說了幾句金黃色的話

——〈回鄉〉

時間仍然據守在島上
昨日已經撤離
留下許多戰爭的病
慢慢潛伏成今日的風景

——〈06據點〉

天空「不再飄著武裝的雲」，之後連「故事」也不知去處，說的是昔今強烈之對照，令人唏噓所為何事。雖然「還有一些稀薄的對抗／在碉堡的老骨頭裡」，但畢竟時代不同了，黃昏便來「附著白塔」「說了幾句金黃色的話」，或謂時過境遷，何苦不賞短暫美景？雖然戰爭恐共症已經撤離，但仍留下不少「戰爭的病」，演變成今日所見景觀。劉梅玉這些詩句形象鮮明，畫面凹凸，意象豐富，甚是精彩。詩的內面也是對現實的抵抗、反諷，乃至帶著強烈的批判性的，同時也是對自我的反思和重新定位，並對命運之無常予以嘲弄和反擊。

由於我們無法確知自己活在什麼樣的世界，有人覺得幸運極了（辛波絲卡）、有人茫然無覺，有人恐慌終日。劉梅玉似乎都不在其中，她了然現實世界存有缺憾，塵世無完美可尋，但似乎也未覺值得眷戀。她活著是為記錄這一生和荒誕的現實的。她敏於觀察，所遇莫不能自其中汲取智慧，又擅長以簡易而富形象的語言傳遞深思後的領悟。她是馬祖從霧中走出的謎一樣的詩人，她的詩是可沾我們眉尖、眼睫、髮茨、肩上的露珠，如果低身細看，由珠面上可映照我們自身、和周遭不連續、但在珠中卻似乎能暫得連續和完整的世界。

刺鳥的月

葉莎

戰爭的遺跡時常是藝術家創作的靈感，若是你來到馬祖，即使砲聲已遠，隔著海峽瞭望也有許多難以言說的情懷。

馬祖詩人劉梅玉的新詩集《耶加雪菲的據點》，是梅玉繼《向島嶼靠近》和《寫在霧裡》之後的第三本詩集；梅玉自稱【這兩年創作與寫作的題材，都偏重在戰爭的遺跡，這戰爭有形式和非形式的，而遺跡也有物質與非物質性】；詩集命名為《耶加雪菲的據點》，其實也凸顯了馬祖目前的狀況，從前做為據點的碉堡，有些已變身為風格獨具的咖啡廳，成為旅人爭相駐足的景點，而耶加雪菲咖啡來自於衣索匹亞，以果香的獨特口感讓人讚不絕口。梅玉的新詩散發的也是她自己獨特的風味，舒緩又落寞，彷彿海浪漲潮又退潮，退潮又漲潮，如此自然卻又不斷敲擊讀者的心房。

如果你讀過梅玉的前兩本詩集，就會發覺梅玉的詩在緩慢轉變之中，彷彿月亮的步伐，披著乳色的光芒撫慰讀者時也同時自我撫慰。我與梅玉相交至真，但對於情感，我是屬於敢愛敢恨能提得起也能放得下的典型，梅玉則是屬於細膩溫柔遇事對人可以隱忍再隱忍的類型，這樣的人，靈魂註定是要受苦的，不過我想受苦也好，痛苦有時摧殘心靈或毒害意志，但有時也是內心流血或流淚之後散發的另一種美，若能藉詩抒發，自能轉化為動人的光華。

這本詩集除了〈耶加雪菲的據點〉〈給y的島〉……等七首為四段式書寫外，其餘幾乎皆以三段式來書寫，首段寫外在情境，第二段進入更深層的心靈感知，後段以淺淺喟息或深深了悟作結。當然細讀之下，你又會發現梅玉的詩句所以動人在於全無斧鑿痕跡，彷彿在詩句流動中，詩技巧是最深層無聲的流動，例如：

廢棄的據點＝戰爭拋棄的殼
內心的雲層＝廣大險惡的溼地
遊蕩的語句＝四方曠野易燃的詩
孤獨的自己＝單數的據點

沉默的夏日＝闃寂無聲的種子

也許很多人還在不停思索形容詞、副詞、動詞、隱喻、明喻、誇飾、比擬、借代、雙關、反問、設問……等等技巧的框架，梅玉已經信手捻來寫出無數動人的詩篇。

值得注意的是整本詩集只有兩首詩寫了五段，一首是〈錯誤的數目〉另一首是〈老家〉，〈老家〉這首詩是從重回老家在進門之後，以雙眼所見殘損的現況與回憶交雜書寫，在末兩段裡梅玉這樣寫：

多雨的季節
水聲沿著破裂的方向
流進屋內
對著空洞的房子唱歌

廚房的風扇

還在抽著往日的油煙
我似乎聽到遠去的聲音
叫我再坐一會兒

荒蕪了十七年的家園，那些斷垣殘壁也是心中的殘山剩水吧，有時寫詩就是和自己內心對話的過程，無須太多奇異炫麗的詩技巧，只要情景交融，人在其中或笑或淚即可，梅玉藉詩抒情，時常情感被她刻意壓抑，但讀者還是能從中讀到不說的苦悶和情感如此澎湃洶湧。

而在〈錯誤的數目〉這首詩裡，可以讀到梅玉在情感上的迷惘與無奈，迷信雙數的人最後不得不承認自己只適合單數，因為「純白的體質／被真實的荊棘劃傷」，所以後來時常「獨自觀看／需要兩個人的電影／散場時／無人催促她／離開結束的劇情」梅玉寫到「也有過兩個人的椅子／但是很快就被時間弄壞」，這些深刻的傷痕，對於任何一位女子都是時光無法磨滅的痛，詩句似乎很坦然很淡定，讀起來卻讓人疼惜。

〈錯誤的數目〉和〈老家〉都是情感深層的悸動，梅玉寫了五段，必定是情感欲止而不可止，詩句也欲止而不可止吧。

最後淺談詩集的一首詩〈刺鳥的月〉，梅玉這樣寫：

圓形的傳說
從夜的背脊爬上來
那些趨光字句
在暗黑紙頁裡書寫著
白皙且碩大的譬喻
順著月光的筆劃
流洩出來
許多偽裝的亮度

逐漸變得晦暗
一座偏遠且瘦弱的夢
在最白的夜晚
用真理的刺
戳破寂寞的風景

刺鳥的傳說十分動人，馬祖的刺鳥咖啡書店主人為打造夢想中的咖啡書店，其勇往直前不畏艱難的故事同樣令人動容。詩寫於刺鳥咖啡書店月亮最圓的那個夜晚。

整首詩描寫的是靜態的月光和詩人在月光下寫詩的情懷，架構十分簡單，詩句也俐落，場景以由外向內游移，由上往下延伸又潛入內心的方式書寫，第一段的「圓形傳說」明指月光其實也是暗示某些碉堡的形狀，所以才有「背脊」之說，而「趨光」正是下一句「暗黑紙頁」的前導，詩人趨光必定身處黑暗，在暗處求生其落落寡歡在詩句中無法隱藏。

第二段「白皙且碩大的譬喻／順著月光的筆劃／流洩出來」月光的筆劃是怎樣的筆劃呢？詩人的意識投射為抽象的月光流瀉，所有的筆劃其實都是虛無不實的。

這首詩精華詩句在末段「一座偏遠且瘦弱的夢／在最白的夜晚／用真理的刺／戳破寂寞的風景」讀者讀到這裡恍然大悟，前面誤以為詩人寫的是小我的喟嘆，在此突然擴大為一座島的無依和孤獨；「偏遠而瘦弱」，呈現出距離與外形，而夢出現「在最白的夜晚」，不禁要問：夢大剌剌的浮出來，為何不在幽黑的夜裡？詩人的心思在末句「用真理的刺／戳破寂寞的風景」，真理昭顯卻以刺的形狀，是不得不尖銳不得不為刺，因為要戳破寂寞的風景。

讀梅玉的詩常常讓我想起艾略特的詩句「我已經知道那些眼睛／知道一切」，是的，梅玉擅長以具象和抽象的結合，外物與內心的交融來寫詩，詩句不冗長，簡明的讓落寞和淺淺的憂傷在詩句中無所隱藏。

在世間行走，步伐溫柔如月光的女子，我深深祝福妳！

自序

耶加雪菲是一種單品咖啡，有著遠方的味覺，產自非洲的大裂谷，在古語裡「耶加」Yirga是安頓的意思，而「雪菲」Cheffe是濕地，因此耶加雪菲是指在濕地裡安頓下來的意思。

記得第一次在島上的軍事據點喝到來自衣索比亞的耶加雪菲，突然有種不同時間和空間交會的錯置感，我們是一群在島嶼上安頓下來的住民，那一刻深深感受到世上的人不分種族，所求的不過是一種安頓的感覺吧！這也是異文化之間共通的部分，不同的過去卻有相同的想望。在曾經的軍事據點裡喝著耶加雪菲，那必定是一杯哲學的口味。

我們的島曾經在戰爭的繭裡，孵育了許多軍事據點，小小的身軀有著兩百多個的歷史坑洞，是一種密集的備戰狀態，也是一種密集的荒謬，過去原本是戰爭型態的軍事據點，現在搖身一變居然成為可以喝咖啡和住宿的休閒場所，這樣的變化可以說是時光的魔法，過去的苦悶是錯的也似乎是對的，那時的我們無力抉擇離開現場，時間給予的答案總是難以預測，唯一肯定的是這些流動的痕跡，絕對值得書寫在島嶼的脈搏上。

在備戰的島嶼長大，童年的黎明與夜晚瀰漫著軍隊的氣息，早晨是軍歌喚醒的，它就像我們熟悉的兒童歌曲，環繞在稚幼的圖像裡，而紮在記憶最底層的場景，是夜間晚自習經過山邊哨口還要報出口令，這樣的童年背景常常使我的成長枝幹變得敏感膽怯，時間的遠方充滿未知與不確定，好像一切滋養都是被武裝的，我們向著不可逆的時光走去，但心中充滿了疑義。

這些戰爭文化的前世與今生，甚至它們的來世，都滲入島的土壤裡面，而我們是宿命下懵懂的種子，長成難以預知的枝椏，在前線長大的我們所關注的事務也很前線，身為一位在地的藝術創作者，島嶼的戰爭文化與據點的時空轉變，一直深深沖刷著我的心，那堅固的備戰牆逐漸崩解，成為一種苦澀的微甜，童年的軍歌、衛兵哨、防空洞、碉堡、雷達等，讓備戰的輪廓深深刻入生命的圖騰裡，備戰光陰成為歷史長流裡的一小段暗流，卻是我人生之河中的一股巨流，而戰地遺跡也成為我厚實的創作基地。

在島上這些因戰事而生的軀殼有著不同的體質和命運，曾經荒廢的據點，有些已長出新的面容，更改了戰爭的基因，在新的世界裡戍守著生存的前方。而另一些掉進時間之流，廢棄地漂著無人聞問，直至生活之外。這些演變像一齣沒有正確解答的劇場，觀者帶著似是而非的理解離開往事，對於明日的島嶼臉龐，我們還是有著溫暖的猜測與期待。

這幾年創作與寫作的題材，都偏重在戰爭的遺跡與島上的生活掠影，希望能夠留下一系列關於島嶼的獨有題材。世界上的戰爭有形式和非形式的，而遺跡也有物質與非物質性，很多的據點已經廢棄在荒煙蔓草間，有些以轉譯的面貌重新站在世人眼前，據點已經演變成各種可能的存在，脫離了原本的功能與詮釋，未來這個島嶼會變成何種容貌？真的讓人有很多的不確定感，島上很多的居民是往功利的方向走去，也有一群人是往永恆的方向移動，我想持續觀看這些屬於自己島上的流動語彙，會在我的創作生命裡留下那些痕跡。

集結了我的詩與畫還有攝影，加上一些其他藝術家的作品，編成了這本詩畫集——《耶加雪菲的據點》，這本詩畫集的創作大部分是圍繞在戰地文化和島嶼的生活面向，書裡的照片拍攝地點幾乎都在四鄉五島，一直覺得馬祖是個創作之島，書中有部分是記錄備戰生活之後，我們島上居民的美麗與哀愁，那些被戰爭棄置的殼何去何從？我們似乎有著美好的願景，回顧往事則有著淡淡的哀傷，在島上有生活實際面的據點、也有形而上的據點，從這些據點出發有了各式各樣的發想，有些成了詩有些成了圖，私心期待未來能有更多關於馬祖戰爭遺跡和離島生活的創作發生，可以累積更多屬於島嶼的語彙。

據點

戰爭拋棄的殼
有著荒廢已久的名字
綠苔在城垛眼瞳裡盛開
他們無法抵禦世間
易變的真實

用老舊體質
長成廢棄的輪廓
偶而，也有人記起他們
堅固而執著的外表

曾經裝著人類的爭執
許多的故事，戍守在這裡
守著砲台向遙遠的夢裡射擊
期待戰勝一場謬誤
而時間，將會重新整理
更多茫茫然的據點

拍攝地點：北竿坂里

刺鳥的月

圓形的傳說
從夜的背脊爬上來
那些趨光字句
在暗黑紙頁裡書寫著

白皙且碩大的譬喻
順著月光的筆跡
流洩出來
許多偽裝的亮度
逐漸變得晦暗

一座偏遠且瘦弱的夢
在最白的夜晚
用真理的刺
戳破寂寞的風景

Ps寫於馬祖牛角村刺鳥咖啡書店（12據點），最大月圓的那一夜

耶加雪菲的據點

我們約好整理最近的雲層
在島嶼的西南據點
幾片厚重濕氣
滴進午後的片段
累積的咖啡色乾澀
緩緩溶解

吞下一口耶加雪菲
滑入沉悶的胸膛
衣索比亞的微熱果香
參雜著溫暖的茉莉

來自非洲大裂谷的東壁
蘊含多層次面容
橫渡幾個海洋的氣味
在異國的味蕾停靠

彷彿我們嘗試
在廣大險惡的溼地
耗盡所剩無多的力氣
才得以安頓
心中那些瘦弱的永恆

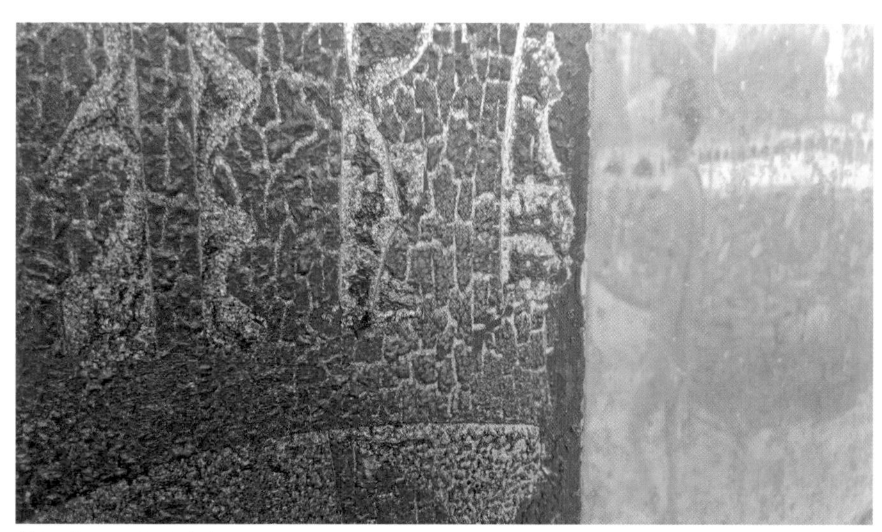

拍攝地點：南竿牛角

坑道書店

日與夜不曾在此交遞
書店坑道有著龜裂的靜默
容易黑也容易藏匿
它通向的海曾經晦澀難解
如今只剩下空曠的深邃

藍海圍繞著一張張書頁
遼闊我們的文字
思緒輕易讀懂遠方
挖掘的夢與現實同樣虛無

當風從北北東來
語句就往西南方去
四方曠野都是易燃的詩
擦亮世界
再深深的熄滅

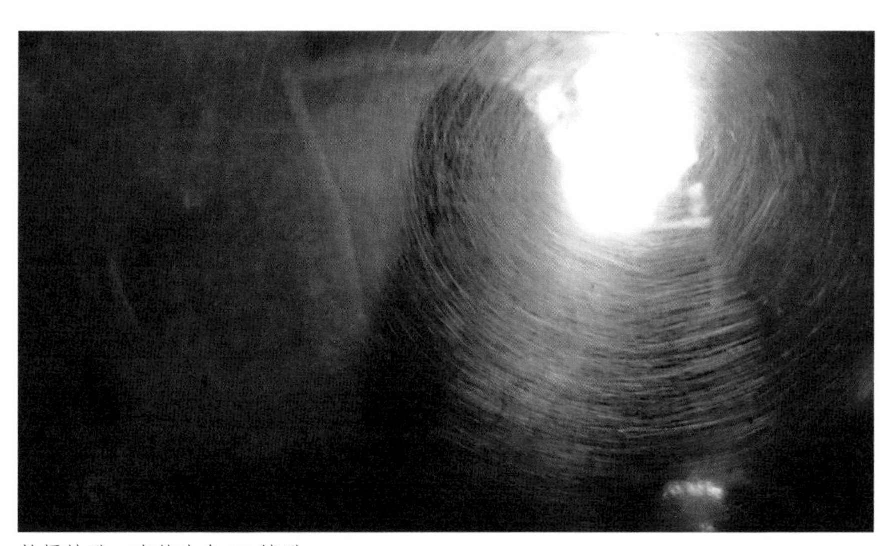

拍攝地點：南竿牛角 12 據點

八六據點

目標荒蕪了
射口還在
意念棄置的廢墟
還留下固執的窗戶

被禁止過天空
不再飄著武裝的雲
有人詢問故事的去處
現場無人應答

撥開一段欺瞞的霧

有些真實話語
就可抵達正確的遠方

拍攝地點：南竿牛角八六據點

在五五，一座海的日常

那裡的海有著原始的波浪
時常有人用寂寞
把自己站成單數的據點
守著最初的風景

在島上，人們不由自主計算
他們曾經的海洋
多數人習慣使用加法
有些落單的人
擅長用減法刪去多餘的海

部分的旅客來這裡收集島嶼
外帶這裡的海水與天空
來填補那些
失去純粹的日常

拍攝地點：南竿五五據點

回鄉

公車載著風景
向島嶼的脈膊駛去
鄉愁一路顛簸著

堅持的瞭望台
站在故鄉的背上
還有一些稀薄的對抗
在碉堡的老骨頭裡

黃昏附著白塔
說了幾句金黃色的話

寂寞的耳朵
聽到了黑藍的海

拍攝地點：東引北澳

06 據點

提著那些衰老故事
緩慢地走出據點的軀體
外面是較亮的通道
有一扇門通向明日的眼睛

堅硬的迷彩牆
蓋在不確定的時代
強壯且阻擋
所有可能軟化的心事
他們密集地防禦
用所有的島嶼

時間仍然據守在島上

昨日已經撤離
留下許多戰爭的病
慢慢潛伏成今日的風景

拍攝地點：北竿 06 據點

5月21日　的芹壁山城

天空還在五月
有人搭起風的劇場
吹動一陣陣石屋
整個鏡澳
都唱著夏天的聲音

一隻黃昏的貓
站在海的邊框上
等著鏡頭帶它去遠方
兩個相聚的臉

拍攝地點：北竿芹壁

有著久違的海
大多的時間
他們隱瞞曾經的波浪

舞動各種姿態的文字
應合著風與石牆的表情
只為演好一首
海邊山城的記憶

後記：
一〇六年五月二十一日白靈老師及其社大寫作班的學生，在北竿芹壁布演，留下美好的黃昏山城。

沉默的夏日

從噤聲土壤上
長出無聲帶的明日
幾株沉默的枝芽
它們闇啞，安靜地伸展
試圖向貪婪叢生的原野示警

一場難以表達的默劇
彎曲身體活在死去的語言裡
賣力演出熟練的假動作
只有稀少的觀眾能夠分辨
這場季節是否真實

張開多數的平原
卻無法讓自由的風流通
大部分的它們成為
一次又一次
闃寂無礙的種子
在世間安全地生長

拍攝地點：北竿芹壁

雨的可能

突然來的雨很夜晚
暗暗地下著
人間的路變得不清晰
暫時，有些事物
被這一場意外淋黑

有人撐著極度明亮的傘
往瞎掉的巷弄走去
有人，沒有習慣帶傘
只能被世界濕掉
有更多的人

置身於大雨之外

也許是種換季練習
失去光的水分
沖洗腐敗的風景
然後，重新長出亮亮的雨後

拍攝地點：北竿 06 據點

隱士

被時代的內裡所傷
他們游走在人類的邊緣
用固執的信仰
居住在各式各樣的主義裡

曾被所有的名字困住
像懷疑一個多霾的早晨
車聲忙碌地
駛向徒勞的稱謂

不斷拋棄自己的房間

離開安全的道路
他們走到文明的外面
只為了在文明裡面
劃一條深深的警戒線

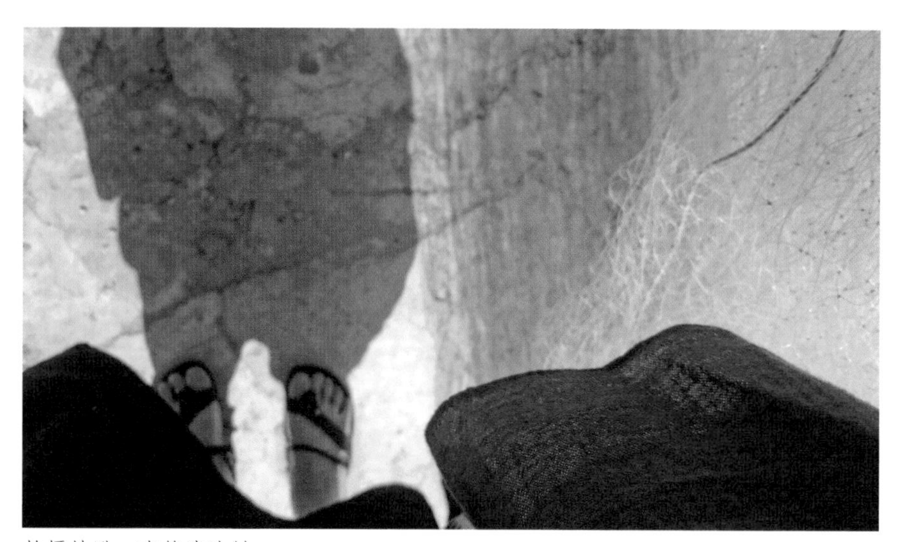

拍攝地點：南竿津沙村

同樣的。時間

那邊的時光，你們好嗎
是變胖還是瘦了
過去的病
已經完全痊癒了吧

現在的我
仍被老舊的繩索纏身
但比起過往，相對自由
因為存在學會不存在
所有時間裡的每一次現在

都是獨特且相同的流動
未來的那一邊
你們知道解答了嗎

拍攝地點：北竿 06 據點

黑的三次方

待在夜的被褥裡
我試著留點白日的纖維
有些文字變黑了
無法照亮別人的模樣

在我信任的紙張上
那些人寫了堅固的錯別字
用極其光亮的嘴型
說著暗暗的語彙
偏離卻貌似真實的話語

只有稀有的幾次
有人發現他們
用黑的世界翻譯白色

拍攝地點：南竿津沙軍哨

給 y 的島

擺好一個早晨
她們輕輕交換彼此的島
經歷過的潮汐與不安
變成安靜的礁石

十二月的白桔梗
向枯萎的方向垂著
忘了曾經
有個永恆的名字

無人問候的那瓶雜草
正奮力長出
寬闊的枝椏與海

討論著存在的荒謬
兩個女人擦拭
過往錯誤的風景
讓一條路
通進對方的島嶼

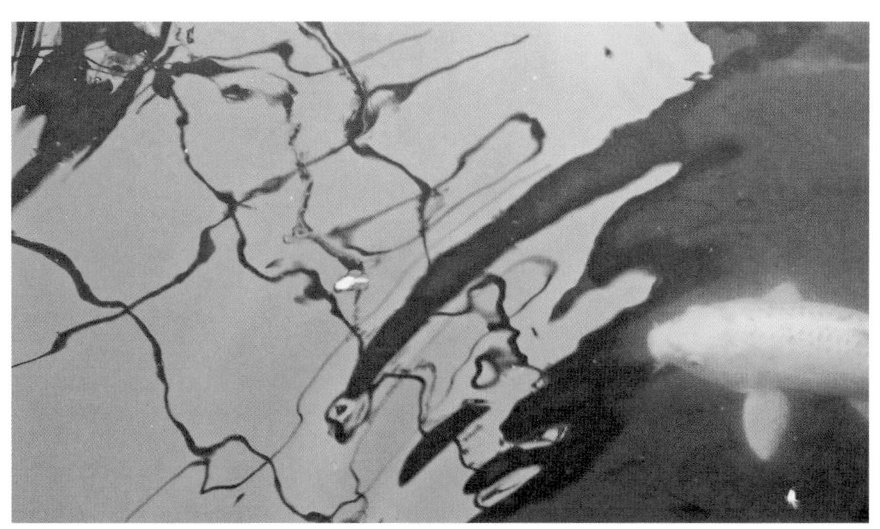

拍攝地點：南竿梅石

27號的日光海岸

日光的10月
在海水的皮膚上
不斷折射岸的世界

一束沒有季節的花
插在秋天瓶子裡
它有著拒絕凋謝的臉

許多相信真實的翅翼
飛在危險的堤岸
避開佈滿謊言的土地

有些乾燥的話無法再生
將它們種在水裡
也許，會繁殖成一株株
連城的緘默

拍攝地點：南竿鐵板村日光海岸

空心的牆

一層又一層的等待
掉下來的時候
他們站成一堵
虛弱的牆壁

曾經也在歲月裡光滑
很多皎潔的夜色
拜訪過青春的顏面

時間撤離後
鳥兒鏽成悔恨的樣子
重複地啄著
多年前空心的諾言

拍攝地點：南竿梅石軍中樂園

行走

他們在世上的房間行走
意圖走出所有圍欄
將直線信仰踏成彎的，這樣
才不會被筆直的路徑傷害

經歷太多的光與影
才學會長出灰色的腳印
適合中間風景

將雙足越磨越薄
腳掌的心也逐漸透明

他們不再隨意浪費
任何一條
可以抵達自己的路

拍攝地點：南竿山隴　　雕塑作品：林文海老師

素描

用掉整個夜晚
仔細描繪一張龜裂的唇
有著善良紋路
佈滿冷黑色的關懷

那些喧鬧的線條
將黎明吵醒
打開今日的窗戶
外面的信仰依然翠綠

謹慎將畫壞的親情
重新厚塗修改
加一些盲目調子
擦拭掉分歧的筆觸
我們又有了平靜嘴型

拍攝地點：南竿牛角大澳老街

15號的記憶

妳將冬日的影子
漆了薩克斯藍的湖水色澤
刮掉凸起的鼠灰身軀
襯些愉悅的鮭魚紅
季節就開始暖和起來

折彎多餘的姿勢
塞進陽光的框格中
長方形的亮度
爬行在寂寥的津沙老屋

收藏所有的此刻
拓印成薄薄的一張
暖色調回憶
夾進旅途的記事本裡

拍攝地點：南竿津沙老屋

天空的遠方

世界垂下來的時候
我正溯著天空的尾端
要去未知的異鄉

背著瘦弱行囊
捲起向陽的地圖
流浪是習慣的路徑

當漂泊收集過量
我便走回簡單的自己
卸下多餘的天涯

拍攝地點：南竿梅石老街

等待

喝了一點年輕的黃昏
她的青春跟著酡紅起來

曾經是個堅固木雕
守著不斷換季的島嶼
等待越來越荒原
被謊言砍伐的痕跡
仰望著所有可能的癒合

脫掉木製外衣
她的枯黃輕了不少

微紅單薄的身軀
可以走進各式各樣的黑夜

拍攝地點：南竿牛角 12 據點

無預定風景

完全稚嫩的小孩
向人類的道路奔來
那裡有文明柵欄
容易絆倒幼年的眼眸

我們都無法停止告誡孩子
要避開暗影的路徑
它們的樣子在世間不易辯識
有些影子偽裝成一盞光亮
更有些黑暗偏狹
讓孩童長成角落的人形

向一大片未來奔赴
那該是小孩們的姿態
純粹的你們
終究也會走成一道道
有光有影的風景

拍攝地點：南竿牛角社協

一頁捷運

夜晚的臉
陸續進入鐵的盒子
黑夜裡車廂的機械性格
似乎比白天柔軟

金屬盒裡的許多眼睛
在玻璃窗上疲憊地滑行
車廂外，世界像末日般的黯黑
他們集體相信最後時刻，將會到達
讓人信任的那一站

車門吐出又吞進重覆的日常
他們走成忙碌的字句
在水泥及鋼筋的日記本裡
倉促的姿勢無法寫好完整的自己
只留下局部、片斷的城市

傾斜的筆記

季節模糊之後
時常撿拾灰色的街角
昨日剩餘的雨水
還留著寓言的形骸

清澈字彙
寫在善於遺忘的城市
寄給文明的讀後感
輕易被擠得歪斜變形

真實的消失

在虛擬的名字上
我們試著降低
高出來的地平線
在逐漸溫暖的警句裡

後記：
看完「洪水來臨前」有些感觸，提醒自己要過更簡單的生活，一起減少全球溫室效應。

偶然的窗口

是一個偏暗的午後
才能辨認那二月的窗戶
我們曾在方形裡練習眺望
讓青澀眼眸長出永恆

靠著窗邊的二月對話
真實且充滿遠方
那時記錄的每一個當下
此刻，如此貼近虛空

方形窗裡收集的海

曾經也有過不確實的波瀾
而今海已經模糊
逐日地失去藍色與堤岸

我與歐姬芙的雨季

將雨天的心事帶到晴天來
但還是不斷流淌著
瀝漉漉的上游

城市源頭充滿金屬語彙
被機械的雨淋濕後
我們存在的部分生鏽了
在僵化與柔軟之間活著

我想念的那位女畫家
完全從城市的雨季逃脫

她遺失的動物頭骨
犄角已經歪曲
不再尖銳地對抗世界

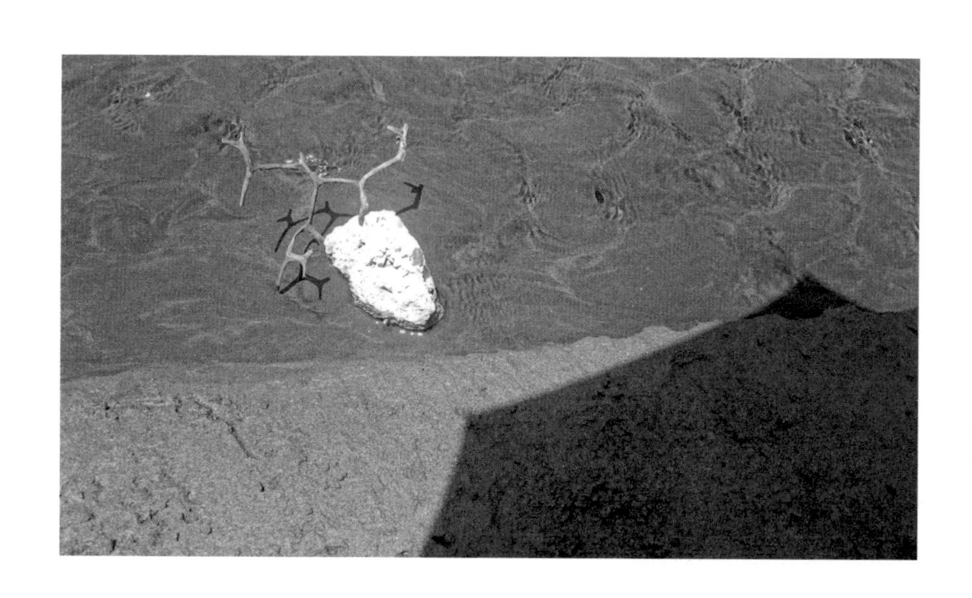

錯誤的數目

她其實適合做一個單數
純白的體質
被真實的荊棘劃傷後
只能虛假地復原

但她總是迷信雙數
輕易相信
許多溫暖的儀式
盲目的早晨
在山茶色的餐桌上

她用謊言餵著
那些空虛的餐具

時常獨自觀看
需要兩個人的電影
散場時
無人催促她
離開結束的劇情

也有過兩個人的椅子
但是很快就被時間弄壞
其實她還是適合
做一個單數

霾的部分解釋

屬於貪婪的氣體
產自塑膠的心
在染灰的鼻翼之間
反覆吞吐著世界

是一種哲思煙霧
讓大多數的人
迷失在路徑的前方

打開早晨
但打不開昔日的天空

一大段文明的誤讀
發生在霾裡

在共有的灰色居所
住著我們
清晰的懸浮微粒
及日益模糊的面孔

漂流木畫：梅玉

說明書

懷疑最近的房子
不像以往那般的友善
連窗戶大開
也得不到善良的空氣

我們的濃霾
日復一日長大
住在霾裡的人們
都學會用顏色來問候
彼此的呼吸

極先進的荒謬
快速地變得正常
我只能在無力的紙張上
寫一些霧霧的說明
糾正那些文明的錯字

漂流木畫：梅玉

藍色的女人

咖啡館的嗅覺
榛果拿鐵的習性
午後布朗尼與巧克力
是她堅定的信仰

投遞的寂寞
沒有貞潔的地址
她總是徘徊在
不熟悉的門牌之間
打開那些不想拴住的門

輕易地闖入室內
又輕易離開

像香醇的焦糖果醬
加在苦咖啡裡
變成一杯甜膩的憂鬱

漂流木畫：梅玉

凹陷的一方

發出的吶喊沒有回音
模糊的表情，藏在
地平線之下

他們感受很洞穴
被大多數的眼睛遺忘
摩挲大量黑暗
才得到一絲微弱的反光
學習深淵
聽懂凹下去的語言
削尖僅有的

為了讓自己的世界凸起
到命運之外，他們
奮力爬向所有可能的上方

油畫（20F）

有角的人

他們的呼吸不容易圓形
對於文明的形狀
有著過敏體質

世界的角度與他們的角
常常互相磨損
直到逐漸發現自己
慢慢無力尖銳
變成一些尋常的鈍器
學會折好真實

藏進日益壞掉的意志裡
將刺刺的愛收好
遠離沒有角的一切

水墨畫：梅玉

信仰的體質

誤讀了幾行教義
得到一些錯誤的恩典
離開虔誠的聚集地
我對集體意識容易產生抗體

曾經也真實和他們一起
學習計算永恆和末世
修補身上缺口
以便得到永世的軀殼
互相抹平多起伏的臉頰

咀嚼末日的味道
忽視集中腐敗的世界
他們著迷在
用便宜的真理捆綁明日

生活依舊水泥
並未龜裂成最後一日
我選擇離開虔誠的聚集地
返回自由的體質

油畫（40F）

取暖

翻開相簿裡的童年
那時，爸爸還未捲曲成
瘦弱的傢俱
擱淺在安靜的客廳裡

媽媽還在照片的茅草屋
費力縫補破舊的命運
單純的我，在校園畫畫課
畫了一棟又一棟
粉紅色的未來

打包畫裡的故鄉
去了很遠很冷的異地
每當島上冬天住進骨頭裡
我就翻著一張張的家
讓血液暖和起來

油畫（20F）

調色

有人剝開過去的時間
討論變質的顏色
我在旁邊
無色的走開

回到自我色系的房間
找出舊時調色盤
上面擠滿偏藍色調
接近真相且安全的色彩
讓喧鬧多話的世界靜止下來

加一點得之不易的白
再混些黑色，企圖蓋過
許多虛偽的色相
調出多層次的藍，讓存在愉悅
慢慢地混合像時光
像一切流動的、易於突變的塵埃

油畫（15F）／文：梅玉

玻璃色

夏日的瓶子
盛滿了乾燥早晨
它們的脖子都朝向海洋
意圖浸濕命運的
所有脆玻璃

讀一支空的晨光
折射著剛甦醒的世界
淡淡藍灰色調
是心裡的深海在說話

簡單幾筆雜亂的日子
勾著窗外土壤
沿著瓶身到達出口
我們也會擁有片段的透明

油畫（12F）

微甜的對面

將時間加一點糖
塑成甜的容貌
這樣，被溶解的過往
比較不苦

選擇住在城市的對面
我的中年怕擠
稍微擁擠些
日常便泛出陣陣苦味
易被生存的溫度融化

是糖蜜真相
儘量低溫保存
有些甜不宜深究
它有可人外表，只管
用來包裝長相難看的酸與苦
我用甜膩的信仰
攪拌生活內裡
讓它變質再變質
然後成為一種
清淡口味的對面

油畫（20F）

在那遙遠的地方

剪下模糊的童年
遠處的家園就清晰起來
把圖案黏在記憶洞口
往事接二連三
圍住了我

在私密的日記裡，眷養
大量濡溼的句子
直到它們日漸蒸發
凝結成一朵朵
可以飄向遙遠天空的雲

在生活裡輕盈地浮著
當現在也老成一種遠方
終於讀懂時間
無須抵達任何的住處

漂流的島

整理屋子裡過剩的空曠
丟進昨日的行囊
看著一條河流
不停地洗滌
自己陌生的倒影

居住的土地上
擠滿了其他的名字
在別人的港口
望著那些從未謀面的船
沒有一個年幼的故鄉

等待我回去

太多相似的夜晚
在岸與岸之間
我重覆練習
將漂流太久的語句
寫得靠近碼頭

油畫（12F）

給多角形的女孩

將十五歲的心事鎖在房間
她刻意將鑰匙丟進
緘默的深處
讓挫折變得更安靜
不被其他的耳朵聽見

在四四方方的眼睛下
走著多角形的路
曾經也有銳利的嘴型
吐著率真的刺

無法融入外面世界
約定好的形狀
後來，她學會將生活
削成尖尖的筆
在單薄的身軀上
寫下靜默無聲的利刃

油畫（12F）

倖存者的日常

長在她體內的時間越來越薄
一雙眼睛淡淡地
並懂得稀釋
世界多餘的亮

吞噬下去的真實
時常被假性的消化
然後，不斷地卡住日常

已經學會遠行
無法攜帶任何話語

像經歷了重要的喧囂
只留下倦怠的舌頭

油畫（12F）

原質

向原生的自我
挖掘一些確實的靈魂
塑成許多
向世間醒悟的姿態

將屬於永恆的容顏
重重地描繪幾遍
再輕輕的
懸掛在有光的信仰下

在大度山的紅土與相思林

你尋獲最初的平凡
以無盡的探問
來詮釋群像的生生滅滅

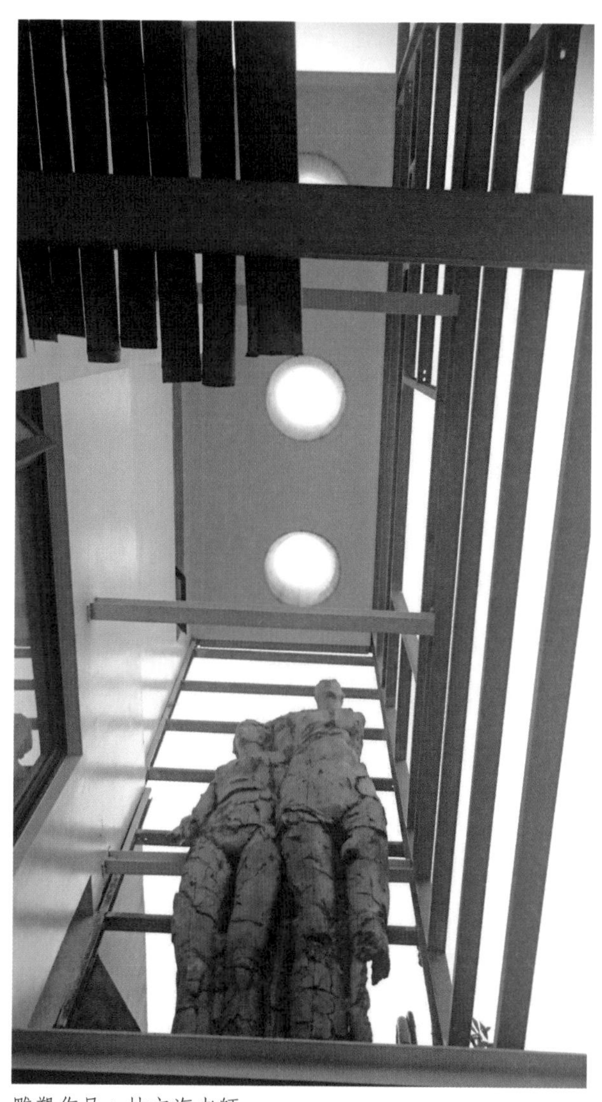

雕塑作品：林文海老師

撿拾記憶的人——給金門畫家楊樹森

簡單顏色塗著鬱深的心事
畫裡的他們
都有著存在主義的臉
望著不安靜的人間

天空是安靜的
畫時間的人
在他自己的海平線上
撿拾被遺棄的面容
放置在他闃靜的心裡
他用畫筆修補那些
受損的記憶
將它們荒廢的表情
重新組成
一張張亮眼的明日

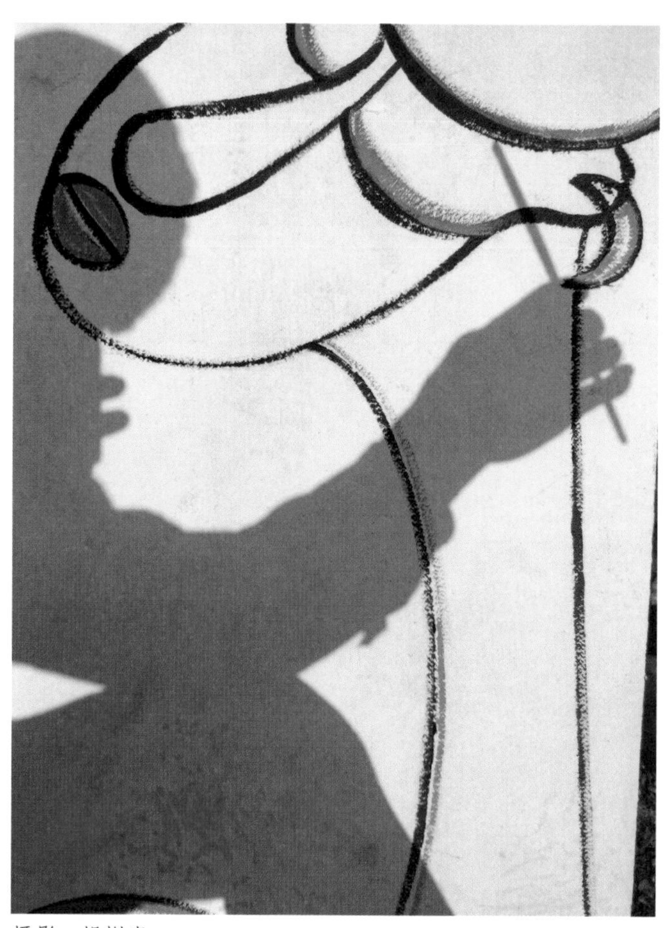

攝影：楊樹森

裂掉

破裂的鏡子
擱淺在秋天的房間
偶而她也會想起那面
不再完美的季節

在失去警戒的夢裡
她熟練地走進那個房間
看著鏡中的面容
一片片
從信任的枝幹
凋落

每次醒來，她都試圖尋找
一面完整安全的鏡子
治療裂掉的自己

老家

荒蕪了17年的門
我費力地將灰塵打開
裡面的陰影還在
但有些已經老成光的模樣

一條舊電線在牆角爬著
它曾經在無數夜晚
把整個家點亮

屋頂掀開天空
部分的星光與月亮

常來拜訪這裡

多雨的季節
水聲沿著破裂的方向
流進屋內
對著空洞的房子唱歌

廚房的風扇
還在抽著往日的油煙
我似乎聽到遠去的聲音
叫我再坐一會兒

拍攝地點：東引北澳村

路徑

廢棄面容
塗了一張新鮮的臉
只為抵達
下一次的漂流

順著紋路可以讀到
木質的心眼
那裡已經沒有傷痕

縫隙與裂痕
歡愉地刮傷所有

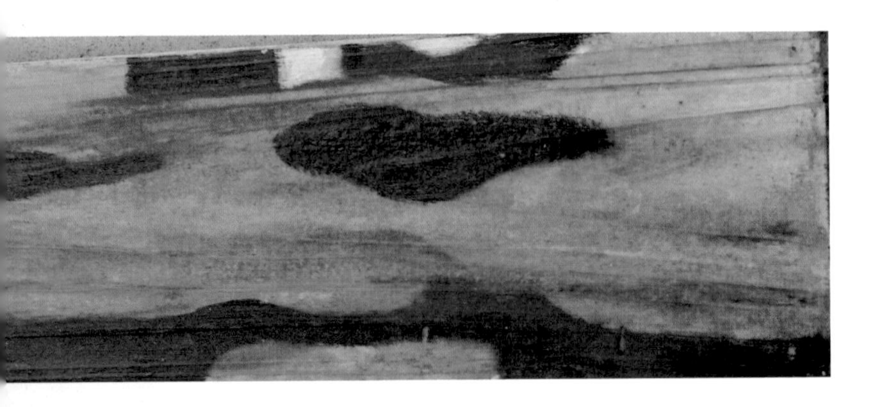

留下穿透的線
爬進今天的掌紋裡

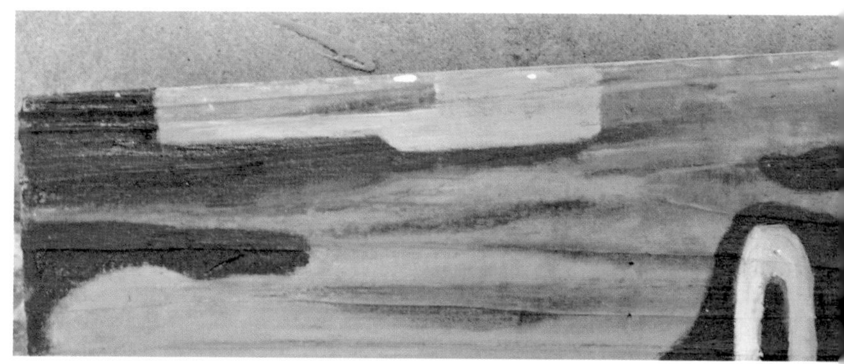

漂流木畫：梅玉

雨天的舞蹈課

冬雨密集敲打著畫室
屋頂的主旋律
夾帶著落地窗的和弦
躍動在畫布上

午後的油彩想跳舞
將整個雨季攬在懷裡
冷色系的情緒
往後點踏
暖色的愉悅向前旋繞

有的舞步通往自由
另一些姿勢縛住昨日
在顏料與畫筆之間
跳著天空寄來的聲音

油畫（15F）

晨間新聞

掙脫了夜的闇啞
晨起的鳥聲
帶著露濕的音色
將黎明唱出幾分綠意

剛摘下的字句
混著惺忪的心情
拿來種植幾首新鮮的詩
把春天圍起
幾株新芽

從陳舊季節迸出
我圈了幾筆
生機盎然的重點
在自己的草原

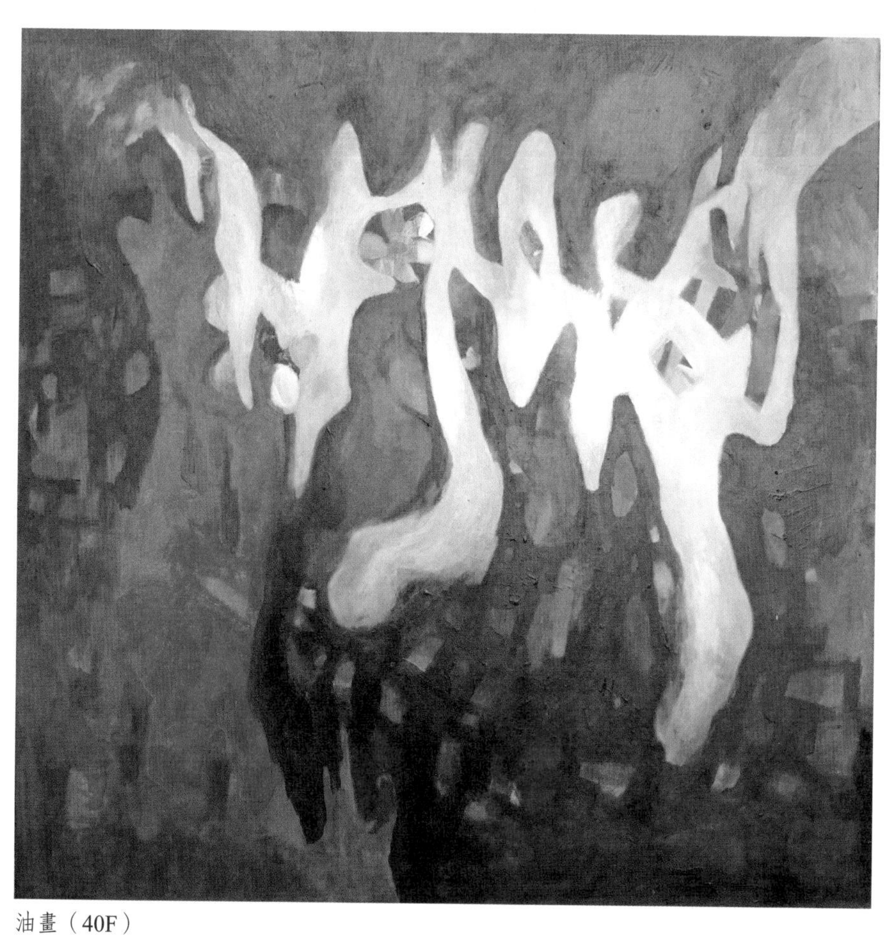

油畫（40F）

老派佈置

在老去的午後裡
插一瓶稚嫩的記憶
有愉悅的筆劃與讀音

逐日枯掉的語彙
攀爬在新生的字義上
像某些廢墟
漸漸滲出光的痕跡

佈置好的時間
擱放在常用的日子
用來潤飾獨居的文字

油畫（15F）

金色的耳朵

掛在高高的心中
在所有的悲憫路上
傾聽人間的乾渴與泥濘

世界繁殖世界
他們擠在一起生存
碰撞、劃壞彼此的屋瓦
生活的聲音深褐，他們
僅能喊出少量的命運
用折損的聲帶

靠向慈愛的耳朵
吐出逐日被鏤空的殘音
裝進隱密居所
在那裡安全地說話

圖：陶文岳老師

城市的格子

他織的時間是格子狀
將線頭的兩端拉得緊實
不留一段空白的呼吸

曾經，有一群森林在手掌
可以觸摸雲層的內心
撥弄月光的暈影
輕易地繁殖到夢裡

擁有的深林已經荒涼
他已經習慣將自己

伸展成格子形狀
一格一格的
往城市的方向編織

圖：徐明豐

時間的問句……給sen

你撿拾的海有漂流的形狀
加幾筆線條和色塊
就在生活的灘頭
潮來潮往

抓住滑溜的時間
將流動的光陰畫成木頭
它們有著各種凝視歲月的姿勢
整齊排列，靜默地
長成另一種生命

用畫筆不斷詢問流光的去處
筆尖刻進存在的內層
銳利地，塗抹自己
心中一塊接著一塊的寂寞

時間的問句／壓克力畫（40F，2016）

事件

在空白的巷弄
來回的走
身軀裡舞動的奢望
越晃越稀薄

影像漸漸老舊
成為一種黑白的預言
多餘顏色
還給過去的眼睛

時間潦草成深淵

他焦急地追了過去
用剩下的腳步

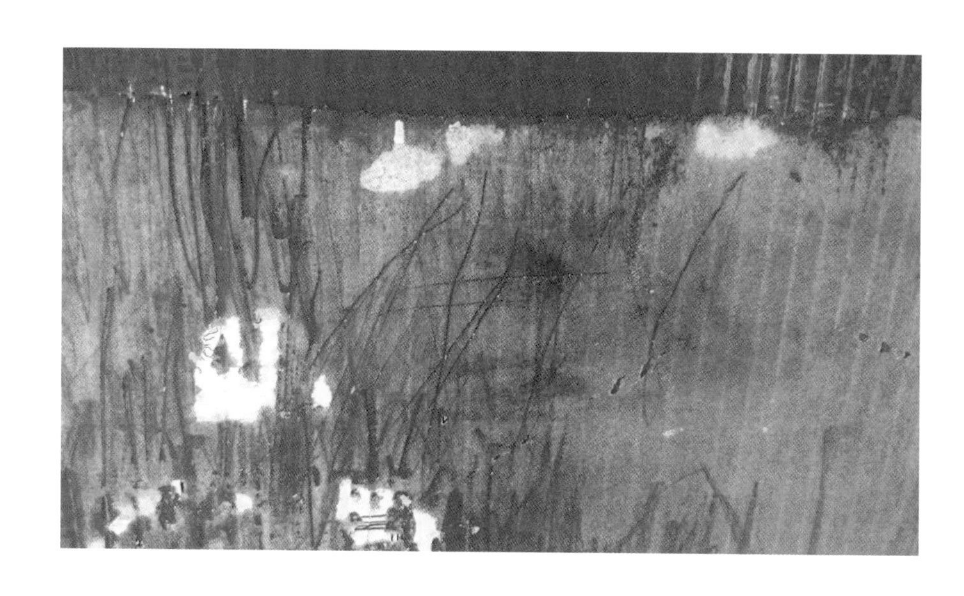

曬太陽

白日將要關閉時
我兜攬一些沉默的心事
梳鬆它們
過於緊密的刮痕
拔掉許多帶刺的意念

趁著黃昏還沒變暗
曬暖幾份冷掉的細節
存些餘溫
墊墊黑夜的肚子

拎著曬過的事件
變得乾燥的心輕鬆不少
裡面有著微亮的氣味
飄散在回家的路上

拍攝地點：南竿梅石海邊

國家圖書館出版品預行編目（CIP）資料

耶加雪菲的據點 / 劉梅玉著 . -- 初版 . --
新北市 : 斑馬線 , 2018.08
面 ;　公分

ISBN 978-986-96722-0-7（平裝）

851.486　　107011200

耶加雪菲的據點

本出版品獲連江縣政府之補助

作　　者：劉梅玉
主　　編：施榮華
書封設計：林群盛

發 行 人：張仰賢
社　　長：許　赫
總　　監：林群盛
主　　編：施榮華
出 版 者：斑馬線文庫有限公司
法律顧問：林仟雯律師

斑馬線文庫
通訊地址：235 新北市中和景平路 268 號七樓之一
連絡電話：0922542983

製版印刷：龍虎電腦排版股份有限公司
出版日期：2018 年 8 月
ISBN：978-986-96722-0-7
定　　價：350 元